자네, 길 떠나는가

자네, 길 떠나는가

박형봉 시집 **자네, 길 떠나는가**

초판 1쇄 찍은날 _ 2006년 4월 20일
초판 1쇄 펴낸날 _ 2006년 4월 25일

지은이 _ 박형봉
펴낸이 _ 최길주
표지그림 _ 이주용

펴낸곳 _ 도서출판 BG북갤러리
등록일자 _ 2003년 11월 5일(제318-2003-00130호)
주소 _ 서울시 영등포구 여의도동 14-5 아크로폴리스 406호
전화 _ 02)761-7005(代) / 팩스 _ 02)761-7995
홈페이지 _ http://www.bookgallery.co.kr ㅣ 인터넷 한글주소 _ 북갤러리
E-mail _ cgjpower@yahoo.co.kr

ⓒ 박형봉, 2006
값 6,500원

ISBN 89-91177-18-2 03810

박형봉 시집

자네, 길 떠나는가

BG 북갤러리

시인의 말

비석지심(匪石之心)이라 하였던가.

詩 짓는 일에 대한 한결같은 내 마음 돌처럼 굴릴 수도 없고 하여 최근 2-3년 동안 지어 놓았던 시편들을 묶어 초라하나마 한 권의 시집으로 묶어 보았다.

진흙탕 속의 연꽃이라 하였던가. 진흙 속에서 자랐어도 더럽혀지지 않는 연꽃을 나는 사랑한다.

끝으로

> "오동은 천년을 늙어도
> 항상 제 가락을 지니고
> 매화는 한평생 추워도
> 제 향기를 팔지 않는다"

라는 글귀를 생각하면서 나의 존재를 확인해 본다.

2006년 4월
시인 박형봉

차례

3 빈 의자에 앉아

4 빈 잔

5 세월의 뒤안길에서

1

자네, 길 떠나는가

이른 아침의 보리밭

그대 울었는가
못내 그리운 여인을 찾아
달밤에 울어대는
천사의 소리꾼처럼
그대 못 잊어 울었는가

누구의 탓이었던가
거친 낯 알갱이
포르르
바람에 소리내어 흔들리면
어디선가 쏟아지는 빗방울 소리는
다소곳이 세월을 다듬어놓고
어디선가 들려오는 소리 하나
인연을 찾아
비로소 고개를 들 때
보리밭엔 뽀얀 안개가 자욱히 깔리어
파릇파릇 웃으며
초여름에 서로 서로를 끌어안고
춤추며 해후(邂逅)하고 있었다.

바람꽃

울어야 울어야 한(恨)을 타는
새하얀 여백의 피아노 소리
먼 산에 바람꽃 되어
떨어져 숨결을 가르면
어디선가 숨어 있던
어여쁜 여인 한 사람 나타나 달려온다
사랑을 하자고 나를 끌어안고
미치도록 입맞춤 해댄다
솔잎 푸른 오월
어느 여인의 자화상(自畵像)
바람에 펄럭이며 눈물 떨굴 때
멀고 먼 기다림에 하소연
쉼 없이 바람꽃들은 피어나고
어느새
안개가 향수(鄕愁)를 부르며
취기처럼 나를 꼬옥 끌어안고
정열(情熱)의 꽃향기
바람꽃을 휘날리며
찾아든 향수를 가슴에 안을 때

빠져드는 미완성 인격체들의 숨소리
팔랑 팔랑
귓전을 때린다.

자네, 길 떠나는가

섭섭하네
자네,
길 떠나는가
못 다한 말
미구(未久)에 부쳐
편지에 띄워보냄세
내 영혼은 풀빛
초록색이 살아있고
자네 영혼은 풀빛
갈색이었던가
서러움은 두고
길 떠나는가
속절없이
열 손가락 깍지를 끼고
간다고
자네,
먼 길을 가는가
달밤에 무너진
추녀 끝에

비바람이 일더니
어느새
빈 땅의 고독으로부터
몰려오던 인연을
썰렁히 쓸어내고
애고지고
자네,
길 떠나는가.

금일(今日)

금일
똑딱선에 그리움을 태우고
구름처럼 흘러간다

사나운 늑대처럼 짖어대던
지난밤의 외로움은 사라지고
통 통 통
통통배 되어
울려 퍼지는 내 그리움의 향기
보아란 듯이 살아나

금일(今日)
나는
금일섬으로
마량항에서 배를 타고
바람처럼
금일섬으로
웃으며 떠난다.

대금 독주를 들으며

서러움 가득 찬
고독한 내면의 소용돌이
끝내
가슴을 태우고
휘이 휘이
잘 가라고 이별을 고할 때
어디선가 떠오르는
피맺힌 회한은
하나, 둘 한을 떨군다
열 셋의 구멍 뚫린 공허감(空虛感)
내면 속으로부터
커다란 피돌기를 시작하며
슬픔을 스스로 떨군다
잘 가라고, 잘 있으라고
구름과 비처럼
피울음을 떨구며
별리(別離)를
예고(豫告)하고 있었다.

밤 항구에서

울 엄니라 불리는
모선(母船)에 기대어
혼잣말로 울부짖는
고독의 선율
창백하게 불어대는
나는 작은 돛배
그 언제 생명의 탯줄을 끊었던가
인생이란
삶이란
생명의 순환 속에
불어대는 바람줄기
고통 속에서 피어나는 아름다운 꽃 한 송이
오늘
또다시
파르르르 떨려온다 하여도
어찌
내 인생과 삶을 위하여
격렬(激烈)하게 울부짖지 않겠는가
비록 달콤한 물질의 성(城)이

내 삶에 있어 동반자가 안되어 줄지라도
내 심성에 모반(謀反)하지 않은 채로
본능 따라 순리와 선심을 지키며
잔잔히 흐를 때
어디선가
더 큰 새 생명의 소리가
활기차게
파도 소리되어
나를 휘감고 있었다.

바다

바다
너 그리움의 천국
나를
애절히 불러대도
벌판 같은 가슴
안아 볼라시면
또
저만큼 도망질
오직
뿌리 없는 나날들이
세월을 낚는구나
또다시
운명을 저울질하는
피맺힌 절규
바람 속에 휘날리고
순백의 그리움일랑은
하늘 가까이 묻어놓고
나는
또다시

노래하는 새가 되어
먼 길을 떠난다.

비 내리는 겨울밤

그대
피맺힌 젖줄
창백하게
칼처럼 날을 세우고
수액(水液)처럼 젖어드는
삶의 멍에를 쓰고
거침없이 내면에 스며드는 혼백(魂帛)
영(靈)적인 굶주림
마치 메시아(Messiah)의 외로운 투쟁처럼
검(劍)투사가 되어
그대
한 맺힌 절규(絕叫)
우윳빛 하늘로부터
아무런 답신(答信)도 받지 못한 채
창백하게 떨어지누나
부활(復活)의 아침처럼
지난날 잿빛 고난(苦難)도 아름다워라
온유(溫柔)를 실천하며
그대

지금 생명을 향하여 달려가는가
끝내
거룩한 갈증(渴症)은
소생(蘇生)의 원동력이 되어
평화의 화음으로
진한 삶을 노래하고 있구나
어느 비 내리는 겨울밤에.

주점에서

비 내리던 어떤 날에
그리움 따라 걸었지요
낯설지 않게
부드러운 내면의 흐름처럼
강물처럼 흘러갔지요
속살거리는 공허한 메아리
사색의 포로가 되어
또다시
빈 고독이 여세를 몰아
덤벼들었지만
받아 쥔 숙명
비바람을 헤치고
새처럼 흔적 없이
빈 허공을 날아 다녔지요.

말없이 혼자 울던 밤의 소야곡

고즈넉한 낯설음의 길목에서
나는 가고
나는 없고
쓰라린 마음속의 독설만이
빈 잔의 유희를 달래던 밤
언제 그랬느냐
변두리 창밖에 명멸하는
희미한 가로등과 별들의 속삭임
차라리
내 자아의 유리창을 깨고 들어와
내면의 숨소리를 들어라
혼불처럼 장렬하게
타오르는 취기 앞에
스스로 백기를 들고
고개를 떨군
늘그막
빈 꿈의 로맨스여
말없이 혼자 울던 밤의 소야곡.

낙엽

언제나 거듭되는
세월의 반추(反芻) 속에
너는 떨어져 창백하게 바스러지고
너의 잎은 얼음처럼 차갑다

사랑했던 오뉴월
잎새 푸르던 시절
너의 간절하던 화장수(化粧水) 위로
진한 분을 바르고
신록으로
초록빛으로
함초롬 빛났었던 아름다움
끝내 무너져 내렸다

이것이
정령 어느 무녀(巫女)의 염력(念力)이더냐
삶 꽃의 반항할 수 없는 질곡이더냐
덧칠할 수 없는 삶의 무늬

사색의 표류 속에
자연의 순리 그대로
그렇게, 거기까지만
접근을 허락하고
돌아서서 울고 있다

뚝, 뚝, 뚝 떨어지는
가슴 아픈 심연(深淵)의 고동소리
심취(心醉)해 멍하게 듣고 있는
눈뜬장님
아니
뚝, 뚝, 뚝 떨어져 나가는 것을
그냥 바라만 보고 서 있는
초라한 문둥병 환자(患者).

떠날 생각

떠날 생각이 나면 갑니다
혼자서 갑니다

산을 넘고 들을 지나
바닷가 모래성으로
나는 갑니다
물살에 아롱지는 금빛 배에
새 희망을 싣고
혼자서 갑니다

하늘은 넓고
내 마음은 푸르고
바닷물도 푸릅니다
모두다 꿈을 먹고 꿈을 꾸며
보람차게 살아갑니다

은은히 들려오는 뱃고동소리
동그라미 되어 퍼져 나가는
금빛 바닷물의 파장

새하얀 희망을 내뿜는
거대한 자연의 미소
온 천하를 포옹하는 방대한 가슴
맨발로 걸어보면
살며시 와 닿는 아기 볼 같은
부드러운 모랫살
바야흐로
소리쳐도 태연한 바다

떠날 생각이 나면 갑니다
혼자서 갑니다
산을 넘고 들을 지나
바닷가 모래성으로
나는 갑니다.

숲 속에서

오늘도
달려야 하는 내면의 심성(心性)
비바람을 가르며
대지 위에 솟아오른다

생명의 굳은 순환(循環)줄기
조금 빠르면 뭣하고
조금 늦으면 어떠하리

고독한 삶의 물결
깊은숨을 고르면
저 만치서 들려오는 평화의 소리
삶의 행진곡을 들으며
숲 속의 요정 수피아는 해맑게 웃는다

어느새
가슴 벅찬 세월의 눈웃음
세상을 환히 밝히고
깨끗한 영혼의 율동(律動)

자유로이 어우러져
끝내는
아름답게 은빛으로
꽃을 피운다.

짝사랑

오늘도
세월의 뒤안길에서
너의 만질 수 없는
애련한 나신(裸身)은
꿈처럼 눈부시게 아름다워
오늘도
세월 속에
포박 당한 채로
길고 긴 세월의 편력도
무시당한 채로
붉게 내린 노을만 찾아들어
오늘도
움직일 수 없는 폐선에 올라
헛배부른 광기(狂氣)만 깊은 잠에서 깨우며
표백될 수 없는 현실을 깨닫고
항해마저
외면한 채로
오늘도
길고 긴 세월동안

내가 찾았었던
'페레스트로이카'*는 실종되고 없었다.

---

*페레스트로이카 : '새롭게 바꾸다'란 뜻의 러시아어. 1986년 이후 소련의 고르바초프 정권
이 추진하였던 정책의 기본 노선

가을 나그네

그대
그리운 날에
나를
나를
홀라당 잊고
나그네처럼 빙긋이 웃고
그냥 스쳐 지나가는 가을 나그네
시나브로
내 삶터에 빈 뜨락
소리 없이 쓸쓸한 공허가
물밀듯이 겹겹이 스며들어
가을 빛 금빛사랑
노을을 타고 덤벼들 때
건널 수 없는 피안의 저쪽
저편에 펼쳐진 샛강의 아름다움
세월은 또다시 노를 젖고
홀연히 미망을 떨구며
마음과 육신은
그제서야

한동아리로 춤을 추었다.

초겨울에 서서

아직은 연습이 덜 되었어요
온통 잿빛 구름과 하얀 눈
다가올 또 다른 계절은
고통과 인내를 원하겠지요
내 살갖과 내 마음을
덮을 준비가 아직은 덜 되었어요
해맑은 남촌(南村)은 언제나 올런지요
이제 막 북촌에 접어들었으니
내게는 참아야할 시간이 필요하겠지요
아직도 헤메임 속에
지나온 계절에 대한
미망(迷妄)도 떨구지 못했거든요
아직은 참아야 하겠지요
다가올 추운 콘크리트 벽이
내게 비소(誹笑)를 떨구네요
그래도 연습이 끝나면
나는 해맑은 미소를 떨굴 거에요
아직은 연습이 덜 되었어요
그래서 오늘

마음의 문을 활짝 열어놓고
평온을 찾고 있지요.

단옷날에

먹구름 아래서
창포(菖蒲)는 오랫동안
인내하며
칼춤을 추었다
뛰어 놀던 습기 찬
내면의 연못가에도
비로소 인연이 닿아
긴칼이 웃고 있었다

단옷날에
님을 위해
황록색 옷을 입고

오랜 세월 기다려 왔었던
꼭 끌어안고 팠었던
연인의 혼백에 스며들어
별처럼 빛을 밝히면

품었던 연인의 긴 머리자락

다소곳이 혼백이 되어 풀어지고

고향 아닌 타향에서
창포는
비로소
남자가 되어
오로지 한 연인을 위해
꽃배를 띄운다
두둥실
두리둥실
원앙(鴛鴦)이 녹수(綠水)를 만나
살포시 끌어안고
창포(菖蒲)와 여인(女人)은
마침내
길 떠나간다.

2

비 오는 날의 소야곡(小夜曲)

산비둘기

희열 섞인 눈웃음
세월을 보아란 듯이 편집하고
구구하고 웃는 모습
너무 정겨워
바람을 타고 펄럭일 때
순수를 사랑했던 너희들이었기에
너희 부부는
오늘도
구구하며
정답게
사랑의 종탑을 쌓으며
한세상 선을 지키며
깊은 믿음으로
착한 순례자 되어
이 산 저 산을 순례하며
아름답게 살고 있다.

비 오는 날의 소야곡(小夜曲)

어쩌다가 추억처럼
먼 기억 속에서
홀로 남아
빗소리에 나를 깨우고
거슬릴 것 없는
빗줄기처럼
땅을 향하여
생명을 떨구네
후, 후, 후드득
떨어지는 생명의 소리, 소리들
상처받은 사람들의 영혼을 감싸쥐고
흐르는 생명의 핏줄기
시나브로
실현하지 못한
내 기억 속의 아련한 꿈들이
되살아나
찬란히 춤을 추면
어느새 생명의 꽃대
하늘 향해

꼿꼿이 기다림의 깃발 세우고
넉넉히 빗소리에
그리움을 떨군다.

등대

세월의 모순(矛盾) 속에서
태엽이 감긴 기계처럼
해수(海水)가 달려가고
하루가 달려가고
낮과 밤
창과 방패
유와 무
인간과 비인간(非人間)
우성형질과 열성형질
얼토당토 않는 모순이
확연히 드러난 사실 앞에
슬피 우는 고뇌 한 자락
지금
밤바다에 깨어나
반딧불이 되어 세상을 밝히고 있다
낮에는 빛을 감추고
밤에만 나타나
자신의 지덕(知德)한 빛을
은혜로이 밝히고 반짝인다

벅차도록 반짝거린다
이리저리 빙빙 돌면서
세월의 춤을 추며
아름답게 빈 바다에 무늬를 수놓으며
등대 너는 지금 빛을 밝히고 있다.

어느 날에

어느 열망의 늪 속에 빠져버린
숲 속의 빈터 .
계절이 똬리를 틀고
오수를 즐긴다

눈물기 없는
육신의 빈 나루터
기다림은 물 건너가고
나신(裸身)의 움직임조차도
깡마른 공허 속에 무너질 때
삶은 또다시
금사로 짠 석양을 보내오며
'살아 보라'며
정겨운 옛이야기를 들려준다.

가랑잎

가랑잎에 세월은 젖어들어
인생이라는 연극무대 위에서
파릇파릇 춤을 춘다
꽃 춤을 춘다
가슴 상췌기 저만큼 비켜 갈 때면
세월이라는 나이테가 스며들어
사색의 시간들을 넉넉히 날라다줄 때마다
우수에 지쳐 버린 나신처럼
가랑잎은 그제서야
변신을 꿈꾸며
옷을 벗으며
윤회라는 운명 섞인
새 옷으로 갈아입고
비로소
짙은 한을 스스로 떨군다.

세월의 사선(死線)에서

목숨이여
뜨락에 핀 생명 꽃처럼
시들기 싫은
내면의 돌기(突起)
빳빳이 고개를 들고
핑핑 날아오는
세월이라는 총알을 피하며
제발 살게 해달라고
두꺼운 야누스 얼굴을 한 채
세월을 향하여
검지의 전령사(傳令事)
방아쇠가 어느새 당겨진다
홀연 솟아오른
화약연기 사이로
어머님 얼굴이 왔다갔다
생명을 주신 어머님 얼굴이
겹겹이 다가오면
운명의 질주(疾走) 시작되어
쏟아진 세월의 사선(死線)엔

울 엄니만 그립더라
울 엄니만 보고 싶더라
그제서야
상서(祥瑞)로운 자줏빛 구름 사이로
새 희망이 보이더라.

여기가 어디던가 독도는 우리 땅

고독이 와글와글 들끓는
외딴 섬에 두 발을 들여놓고
사색(思索)의 포로가 되어
창백한 얼굴이 된다

섬돌아
휘돌아
어디를 보아도
독도는 우리 땅

바닷물결 애무하는 소리
"야호"
여기는 대한민국

갈매기들은 자유를 끌어안고 노래한다
"찬란히 떠오르는 아침햇살
여기가 어디던가
독도는 우리 땅"

죄 없는 순수한 섬 머스마에게
타국이라는 죄를 씌우고
그 누가 거만하게 달려들어도
섬 머스마는 도도히 서 있다

자유의 벗
대한민국
여기가 어디던가
독도는 우리 땅.

갈대밭에서

어느 여인이 바람 곁에 조용히 서 있었습니다
어느 여인이 바람 결에 한없이 봄이 오는 소리를 듣고
있었습니다
생명의 소리
톡
톡
톡
봄이 오면 샘솟는
튀어 오르는 생명수 같은 고귀한 소리를
정녕코
사랑의 소리를 지금 듣고 있습니다
삶의 끝이 아닌
삶의 시작을 알리는
새 생명들의 노랫소리를 정결하고 깨끗한 마음으로
파아란 하늘과 진실한 자연과
더불어
새록새록
귀 기울여 듣고 있었습니다
삶이 무척이나 힘들다고 여겨질 때

어느 여인이
그래도 삶의 굴레를 끌어안고
몸부림치고 있었습니다
인생에 휘몰아친 거센 고비를 넘기려
지금 드센 고뇌의 바람 앞에
두 눈을 적시고 있습니다.

폭음(暴飮)

뱅뱅
돌아가는 삼각지
좋아했던 내 여인
한번도 단 한번도
깨댕이도 못 벗겨보고
세월은 총천연색으로
잘도 돌아간다
오로지
필름 끊긴
내 뇌 속의 영화관
관객도 없고
창백한 내 육신의 지랄 섞인 몸부림뿐
불타고
불에 타고
흔적 없이 사라진
까까먼 내 젊은 날의 청춘이여
솟구치는 저녁 노을
애련히 서산을 넘어갈 때
삶은 삶이라고 애타게 부르며

시동 꺼진 내 육신의 몸부림
끝내
말없이 길가에 누웠다.

인연(因緣)

가녀린 옷깃을 살며시 스치는
실 한 오라기
무슨 사연 있길래
날개를 펼치고
나비처럼 날아온다
접었다 펼친 연분(緣分)이었기에
길고 긴 기다림이었기에
서로서로 꼭지점을 찍고
끌어안는 '원앙'과 '녹수'
볼수록 아름다워
눈 비비고
저만큼 쳐다본 사이
삶의 나침반이
새롭게 찾아들어
인생이
희망찬 해연풍(海軟風)으로
나부끼고 있었다.

어느 선창가 작부(酌婦)의 하소연

숱한 남정네들의 목마른 내면의 하소
걸쭉한 술주정뱅이들의 누린내 나는 속내에도
땟국 낀 한복엔 그래도 여심(女心)은 흘러라
한잔 술에 흐트러진 머리카락
애꿎은 흰소리 팔자타령
은근슬쩍 받아 든 투명의 술잔 속엔
따르릉 술 꽃 정열이 울려 퍼지고
아파라 서러운 상춰기
내 님의 품안에도 안기지 못한 채 세월만 흘러
오늘도 웃음을 파는 도구
립스틱 짙게 바른 얼굴엔
선창가 궂은비가 소리 크게 울고 가니
날 두고 떠났던 숱한 남정네들의 거짓 섞인 탁음(濁音)들만 날뛰어
날라리 대평소(大平簫)가 소리 크게 울었다
거시기, 애심 띤 부둣가엔 밤 안개가 두껍게 깔리어
수구초심, 고향만 그리워라
오늘도 술의 장막을 치고 안일(安逸)에 사로잡혀
볼장 다 본 여자가 되었다.

남태평양에서

큰 태양 아래
벌거숭이 숯 검댕이 사내 하나
명멸(明滅)하는 고독의 운무(雲霧) 속에
바야흐로
바싹바싹 생명의 젖줄을 당긴다

방금 잡아 올린 바닷물고기는 서러워 눈물짓고
내 삶에 그 누가 있었던가
외치며 달려드는 내 영혼의 숨소리
서러워
서러워
쏜살같이 찾아와 울부짖는 만가(輓歌)의 함성처럼
푸르던 남태평양의 커다란 파고(波高) 아래
나의 이상(理想)과 꿈은 파묻혔다

오늘 또 어떠한 운명이 파도처럼 밀려온다 해도
나는 운명을 끌어안고 깨끗이 길 떠날 줄 아는
고독한 벌거숭이 꿈 사냥꾼

오늘도
고독의 선율 차갑게 울어대는
피안(彼岸)의 갈림길에서
나의 삶은 끝없이 아름다워라.

순이의 슬픈 이야기

초저녁달이
창백하게 홰를 치자
욕망의 저잣거리 옆
술도가에서
야트막 인생 길에 접어든
어리디 어린
순이는 웃음을 팔았다
뭇 사내에게
온몸을 쥐어주고
화대로 받은
쪼그마한 돈으로
동동 구리무를 사서
덕지덕지
화냥기로 발라야 했던
순이의 슬픈 이야기
어느새 피어보지도 못하고
자랑거리 없는 삶과 맞물려
동강이 나
껌정 밤에 피어나던

분홍색 봉선화로
환생하여
한 여름밤에 새롭게 피어나고 있었다.

시외버스터미널에서

노독(路毒)에 지친 발걸음
진눈깨비 같은 외로움을 걷어내고
움직일 수 있는
척추동물의 태반을 걷어 내고
환생(還生)을 꿈꾸며
꿈에도 그리운 마음속 오아시스를 찾아
태동하는 시외버스의 동작음과 함께
꿈틀대며 어디론가 길을 나선다
움직이고 있다는 것은
살아있다는 증거 아니던가
슬쩍 던진 질문에
찾을 수 없는 피안(彼岸)의 세계가
다가온다
봄은 여름을 부르고
가을은 또,
다른 계절인 겨울을 부르며
사시사철 떠나야 한다고
건너가야 할 또 다른 세상을 바라보며
나는

오늘도
시외버스터미널에서
정신(精神)적인 성장을 기다린다.

어떤 그이

빈 초막에 지친 처지
가난한 가난뱅이 한사람
허름한 허리춤엔
탁배기와 삼탯국으로
해장한 뒤의 넉넉한 춤사위가
평화로이 펼쳐져
온 동네를 끌어안고 있었다

갈겨대는
소낙비 오줌줄기 속에
어느새
고개 숙인 벼이삭은
어여쁜 금사(金砂)로 짠
샛노란 옷을 빼곡이 입고
세월을 흔들어 댔다

청춘을 부르며
노을을 따라
풍요롭게 흐르고 있었다

끝내
내 갈 길은 정해져 있노라고
해학(諧謔)적인 말을 하며
욕심 없는 구름처럼 흘러가고 있었다.

탄광촌 스케치

암흑 속에 섞여진
무쇠 같은 힘 가루
새하얀 겨울철에
소담히 뿌려지면
새까만 피부는
어느새 살아갈 밑거름이 되어지고
머릿속엔 잊었던 고향생각
문뜩문뜩 찾아들어
새끼에 꼬인
조기 몇 마리가 흰눈 사이로
몸을 뒤틀며 웃는다
가난을 원망하던 비탄은
어느새 사라지고
뿌려진 소금 위로
고소한 맛은 여백 없이 찾아들어
김씨, 박씨, 이씨
제각각 누런 이를 들어내며
씩씩하게 웃었다
희미한 등불아래 나란히 둘러앉아

속삭였던 전설처럼 다정한 이야기는
어느새
마을교회 종탑이 되어
막장을 뛰쳐나와
저만큼 앞서가던
세파(世波)를 누르고
희망의 파란하늘을 쫓아가고 있었다.

바닷가에서

저 푸른 고독의 산실
광활함보다도
차라리 고요함이 아름다워
점잖게 흐르는 귀한 자태
보아란 듯이 깃발을 세우며
내면의 죽음보다 깊은 바다
어느새 청동빛 늑골을 세며
삶의 개체를 느끼면
홀로된 자들의 눈물의 카타르시스
비 내리는 고독의 선율조차도
포근히 끌어안고 흐르는
삶의 행진 속에
바야흐로
세월의 신비를 너그럽게
파도가 온통
그리움으로 발가벗기고 있었다.

3

빈 의자에 앉아

제주도 우도에 쏟아지던 장대비

고도(孤島)에 지친
외로움이라는 태반을 걷어내고
잿빛 작대기가
바다라는 새하얀 캔버스 위에서
고스란히 꿈에 그리던
광기(狂氣)어린 막춤을 추고 있을 때
비바람에 울던 바람
세월을 가르며 거세게 덤벼들 때
운명의 옷깃을 스친 것은
내면의 향기 가득한
작은 연못에서
유독(惟獨) 아름답게 피어나던
만다라화(曼茶羅化)
우도 앞 바다엔
여러 송이 연꽃들이 피어나고 있었다.

비 내리는 산사(山寺)에서

아, 아!
바람마다
여울지는 낙숫물 소리
먼 산에 그리움은 나를 찾아
흘러 다니고
벗할 수 없는 애절함
비와 햇님
우수에 지친 가슴속에
달빛을 털어 넣고 살며시 운다
그대여
뽀얀 달밤에
날이 새거든
나를 보러 오소서
노랑 저고리 입고서
보아란 듯이
나를 찾아오소서.

세월 속에서

소리도 없는 분쟁의 터널 속에
상념의 파고는 높아만 가고
시만 쓰다가
나이 오십에
철저히 빈털터리가 되었지
오수를 즐길 여유도 없이
녹아 내린 차가운 육신
나를 도와줄
따뜻한 신들의 조우는 보이지 않은 채
햇살이 쪼아대면
악의에 찬 군상들
쏜살같이
손가락질 해대며 덤벼든다
어느새 세월 앞에 무릎을 꿇고
움직일 수도
생각할 수도 없는
하나의 토르소(TORSO)가 되어
차가운 현실 앞에
조개처럼 문을 닫았다.

강진만 억새꽃

천형의 가시
유배지에서 나는 너를 만나고
피울음마저 지쳐 바다는 벌거숭이
곧은 몸뚱이 바람에 흔들려
세파(世波)에 파르르 떤다해도
내 그리움 가득한 창가에 서면
너는 언제나 따뜻한 휴머니스트
뱃고동 소리 자욱한 강진만엔
노을마저 들꽃처럼 아름다워
또다시 피울음이 몰려온다 해도
나는 자유를 향하여
너는 그리움을 향하여
고개를 든 채로
찾지 못한 것에 대하여
애연(哀然)히 미망(迷妄)을 떨굴 때
어디선가 날아온 고니 한 마리
우아하게 춤을 추며
비로소 고단한 날갯짓을 멈추고
억새

너와 나는 또다시 삶에 둥지를 틀며
노을진 강진만에서
희망을 경작(耕作)하며
드높은 하늘로의 비상(飛翔)을 꿈꾼다.

비 내리는 강진만

눈물어린 광기
바람을 앞세우고
저 바람이
나를 훔쳐
또다시
달아나려 해도
비 내리는 강진만엔
못내 아쉬운 그리움만
대굴대굴 구른다

어느새
고독의 이슬도
아스라이 사라지고
머언 갯가엔
눈물이 주르르 흘러
불연히 솟구치는
울 엄니 얼굴

보이지 않던

낯선 이방인(異邦人)의 하수인(下手人)
막소주가 나를 삐쭉 부르면
고독과 허무감이
쌍으로 밀려와
하늘에서 내린 비
또다시
바람을 타고 뚝뚝 흐를 때
나는 그제서야
소리 없이
미망(迷妄)을 떨군다.

항촌리 청개구리

지금 내가 살고 있는 항촌리 우리 집엔
청개구리 두 마리가 살고 있다
돈벌이 안 되는 시 짓는 일을 그만두라는
백발 울 엄니 말을 지독히 안 듣고 있는
나이 오십의 신장 1m 67cm 청개구리
내방에 들어오지 말라고 해도 언제나 기를 쓰고 들어
오는
나이 한 살의 신장 4cm인 청개구리
저나, 나나, 말 안 듣기로는 똑같아
우린 서로를 쳐다보고 웃는다
울 엄니는 나의 생존을 위해
나는 청개구리의 생존을 위해
지금 내가 살고 있는 항촌리 우리 집엔
지독히 고집 센 수놈 청개구리 두 마리가
독이 잔뜩 올라있는 한여름 뙤약볕 아래서
누가, 누가 고집이 세냐고
지금 잔뜩 땀을 흘리며
나는 원고지 속으로 들어가려고
청개구리는 내 방안으로 들어가려고

서로서로 키 재기하며
한여름을 꿋꿋이 이겨내고 있다.

항촌리 연가(戀歌)

빛 바랜 나의 외투자락
살며시 바람에 휘날린다

어디선가 불어온 향긋한 내음새
지천(地天)으로
꽃잎 되어 피어나고
사르르르
불러보는 그리움이여

타버린 불씨 속에
아롱아롱
떠오르는 여인이여
뱀처럼 칭칭
휘감던 어떤 날의 기억은
소리 없이 자취를 감추었어도
나는
또다시 향수(鄕愁)를 외쳐대며
울고 서 있는
못내 서러운 쉰 살의 허수아비

안개 속에 춤추는 미궁(迷宮) 속의 새 한 마리

모양 없이 나 혼자 찾아 들어간 항촌리엔
어둠 속에 애련히
아름다운 연가(戀歌)가 두껍게 깔려
목마른 나의 영혼 소리 없이 커튼을 젖히고
불질러댄
나의 뜨거운
눈물의 카타르시스(Catharsis)
나지막이
바람 속에 펄럭이고 있었다.

갈라타 다리(GALATA BRIDGE)*에서

뭉게구름 위
역사의 회상 아래
저 멀리 성현(聖賢)의 말씀 전하려
우뚝 솟은 갈라타 탑 아래
크고 작은 건물들의 똬리
어느덧 인고의 세월은 흐르고
새하얀 드레스를 입은
여객선 위로 노란 돛대가
바람에 휘날린다
시나브로
마마라 바다(SEA OF MARMARA)* 위로
진청색 바닷물이 왔다갔다
삶을 노래하면
돌연 세월이 시간을
거세게 펌프질 해대며
역마차를 타고 쏜살같이 내달리고 있었다.

---

*갈라타 브리지(GALATA BRIDGE) : 터키, 이스탄불에 있는 다리 이름
*마마라 바다(SEA OF MARMARA) : 터키, 이스탄불 앞을 흐르는 세계에서 가장 작은 바다

부는 바람은

빼곡이 내리는
일상 속에 장대비
부는 바람은
내게
쉬어가라고 타이른다
스타카토-끊음표를 준비한다
내가
건너가야 할
또 다른 내면의 세계가 있다고
장대비 속에 날 끌어안고
억수로 깊은 잠 속으로
나를 자빠뜨린다.

터키 이스탄불 갈라타 종탑 아래서

신들의 계시(啓示) 속에
선한 미소 환하게 햇살을 떨굴 때
신들의 도그마(DOGMA)
쉼 없이 삶의 무늬를 낮추고
무시로 바람 속으로 고요히 빠져든다

어느덧 삶의 원근(遠近) 속에
또다시 미망 속으로 빠져들어
몰려다니는 바람들마저도
어느새
사람들의 인품을 저울질하고

동양(東洋)과 서양(西洋)의 나들목
이스탄불의 밤은 반주그레이
이글이글 불타오른다

쌍으로 흐르는 동서양의 변주곡들이
마마라(MARMARA)* 바다와
보스포러스(BOSPHORUS)* 해안을 타고

아름답게 흘러갔다

길고 긴 삶의 여정(旅情) 속
갈라타 브리지* 끝의 하늬바람
서서히 허무를 잠재워놓고
밤은 내일을 위해
암탉처럼 따뜻하게
포란(抱卵)을 꿈꾸고 있었다.

---

*갈라타 브리지(GALATA BRIDGE) : 터키, 이스탄불에 있는 다리 이름
*마마라 바다(SEA OF MARMARA) : 터키, 이스탄불 앞을 흐르는 세계에서 가장 작은 바다
*보스포러스 바다(SEA OF BOSPHORUS) : 터키, 이스탄불 앞을 흐르는 바다

어느 날 뉴욕에서

장미에 붙은 가시처럼
막노동에 온종일 시달리고
때늦은 퇴근길
42가 타임스퀘어에서
나는 후러싱 행 세븐 트레인을 기다린다
정확히 삼원색(三原色)
흰색, 황색, 검정색
지구촌 사람들의 피부색
세븐 트레인은 뱀처럼 힘겨워 몸을 뒤튼다
저기 저 사람들도
오늘
나처럼 힘들었을까
트레인이 모퉁이를 돌아서는 그 순간
나의 피부색을 닮은 7번 트레인이 윤기 있게 웃는다
어느새 나처럼 '쿵'하고
피곤함에 머리를 부딪힌
껌정 피부색 흑인
우린 서로를 물끄러미 바라보며 웃었다
74가 루즈벨트 에비뉴에서

내가 또 한번 갈아타기 위해 내리는 바로 그 순간
　조심하라며 "TAKE CARE"를 외쳐준 이름 모를 착한
흑인

*　*　*

　어느덧 커피 한잔의 진한 휴식 속에
　나는 재즈음악을 들으며
　낮 동안 못 웃었던 웃음을 넉넉히 풀어놓으며
　나의 미래는 '괜찮을 거라고'
　어느 날, 어느 날에
　무조건(無條件), 긍정적인 생각을 했었다.

만수동 성당에서

사대 독자인 승현이와
홀아비인 내가
취기에 들려
성모 마리아님께 절을 하고
쳐다본 성당엔
안온한 뜨락에 핀 목련 꽃송이
피아노처럼 부드럽게 춤을 추며
친구와 나를 웃으며 쳐다보고 있었다
어느새 다가온 목련 꽃송이
아베(AVE)
아베(AVE)
축복을 받으라고
외쳐대는 목련 꽃송이
비로소
친구와 나는
끊어진 인연과
단호히 소실점(消失店)을 찍고
슈베르트의 아베마리아를 나직이 불렀다.

빈 의자에 앉아

바람
어디선가
들려오던가
길손처럼 찾아와
빈터에 홀로 앉아
공허(空虛)를 떨구는
차디찬 빈손의 자유인
세월과 친구가 되어
출가(出家)를 앞둔
스님처럼
무엇이 인간이고
무엇이 삶이던가
던지는 화두(話頭) 속에
세찬 바람의 소용돌이
스스로 물러나
운명 앞에 정지된
여명(餘命)의 빈 시간만
아리아(aria)되어 흐르고 있었다.

강원도 횡계 고향이야기 식당에서 I

포근한 정과 함께
인상 좋은 이종우 사장님과
오순도순 이야기를 나누는 사이
빈곤의 목마름은 저 멀리 사라지고
눈 덮인 설국에서
지금 나는
나를 찾고 있다

헤매던
방황 끝에
막이 내리던 순간
연극무대처럼
애틋한 기다림은 함박눈이 되어
새롭게 포근히 피어나면
고향이야기 집엔
어느새
두고 온 금빛 고향집이 남모르게 생겨나고
대관령 큰 자락 아랫동네
고향이야기 집엔

넉넉한 인정이 흘러나와
펼쳐 논 가슴팍엔
고향이야기가 주르르 흘러들어
와사등처럼 젖어드는 한순간에
세월을 잊어버린다

자랑거리 없는
내가, 내가
막다른 골목에 서 있던
내가, 내가
드디어 꿈을 물고 눈 내린 설국에서
자유롭게 춤을 춘다
시나브로
내 인생에 무덤처럼 쌓였던 돌무덤은 와르르 무너지고
왈칵 그리움이 솟아나 고향이야기 집에는
금사(金砂)로 짠 황토빛 그리움이
감처럼 주렁주렁 매달려 있었다.

순백의 물결 고동(鼓動)치던
눈오던 밤에
내 어디선가
쏟아지는 그리움을 묻거들랑
나를 붙잡으세요
나를 찾으세요
어디서든
내 그리움이 울먹일 때
나는 술잔 속에 넉넉히 자빠진다
술잔 속에 별을 헤고
꿈꾸듯 찾아가 떨구는
내면의 목소리
진실을 떨굴 때
소리 없이 육신의 불꽃은 피어나
하늘 아래 첫 동네
빛이여
희망이여
오늘 또다시
삶이라는 힘겨운 쳇바퀴를 돌린다해도

꼭 한번은 찾아오고 싶었던
내 내면의 편안한 쉼터
횡계 고향이야기 집에서
나는
내 마음에 평온을 찾는다.

강원도 횡계 부산식당에서

한세월 목놓아 울던
시골 촌뜨기 한사람
방향 잃은 내면 속 패거리
한 떼로 몰려와
허름한 술도가에 모여 앉아
눈물을 떨구면
때아니게 희망 없는
불모(不毛)의 벌판 위로
생명의 소낙비가 뿌려지고
누구였었던가
불러대던 유행가 한 자락
가슴을 패네
바람 펄럭펄럭
마음 펄럭펄럭
힘겨운 세월 아래
아직은 살아있는
나의 심장이 더 뜨거워
갈곳 없는 나그네
대관령에 갈 길을 물으면

그래도 횡계 부산식당 집엔
여기저기 헤쳐나갈
희망의 비상구는 있었다.

중국 칭따오 문호의 주검

검은 연기 뒤섞인 늦가을
소리 없이 숨을 죽이고
낯선 이국땅, 칭따오
넋마저 떠나버린
젊은 동포의 주검 뒤에, 비탄을 떨구며
나는 알호(二虎)*를 켠다

잘생긴 너의 모습
간 곳 없고
너의 어머님과 아주머님은
목놓아 우셨다
펴보지도 못한 삶의 보따리
너는 어쩌다
운명에 반기를 들지 못한 채
스물 일곱 꽃다운 청춘을
바람에 날려보내고
이젠 낯선 객이 되었구나

스스로 찾지 못한

숙명의 실타래
비록 저승길에서라도 풀어놓고
불모의 땅에 물을 뿌리며
영원히 살거라

처음 본 너에게
내 마음속
흰 국화꽃 한 송이와 묵례를
하늘가에 고이 보낸다.

---

*알호 : 중국의 전통 악기

하얀 눈이 내리던 날

오
쓰라린 백색 고뇌의 허무
정말로 착한 사람을 닮았구나
뽀드득 뽀드득 눈길을 걸으며
순박한 아이들과
마음껏 놀아보고 싶은 자유로운 겨울은
어느덧 세월과 함께 질풍처럼 사라지고
세상은 질퍼덕질퍼덕
퍼 질러댄 환각쟁이의 욕설처럼 번져나가
징하게 미쳐가고 있다
새하얀 눈처럼
순하고 착한 사람들을 뭉개버린 후
못된 놈들의 노략질로 쌓여진 물질의 성(城)
소스라치게 놀랄 일도 아닌데
나는 벌써
못된 놈들을 깡그리 녹여버릴
따뜻한 봄볕을 기다려본다.

4

빈잔

삶의 뒤안길에서

그 매머드 도시 뉴욕에서도
신사들이 산다는 런던에서도
화가들이 많다는 파리에서도
내가 찾는 삶의 무늬는 보이지 않아
오늘도 하얀 백지 위에
써보는 피안의 저쪽
태평양에서도
대서양에서도
에게해에서도
내가 찾는 쉼터의 바다는 찾을 수 없어
두발을 동동 구르고
무엇이 있어 무얼 찾는고
어디선가
들려오는 피안의 뱃고동소리
풍경소리 들으며
내 고향 뜨락에 있는 마곡사에서
나는 지금
한 마리 늙은 고양이가 되어
꿀처럼 달콤한 오수를 즐긴다.

비 오는 날에 받은 선물

못 지은 시집 한 권
보내준 답례로
나주에 사는 예성도예집
오병열 아저씨는
귀한 흑 상감청자
두 점을 내게 보내주었다
눅눅한 장맛비 기운에
우울증마저 거미처럼
집 짓고 달려들고 있을 때
뜻하지 않게
비 오는 날에 고맙게 받은 흑 상감청자
그것은 병열 아저씨가
내게 보내준 마음의 선물이었다
어느새
쏴 불어오는 마음의 바람이 가볍고 시원했다
흑 상감청자 속에 점잖게 숨어있던
어느 도공의 잔잔한 숨소리 벗삼아
비 개인 오후의 순풍을 기다리며
순하게 낮잠에 빠져든다.

첫 시집

1990년 늦가을
창백한 뜨락에 피어난 꽃 한 송이
너는 갈곳 없던 나를 대변(代辯)하고
나는 너를 끌어안고
아무도 없는 빈 거리에서
혼백(魂魄) 같은 새하얀 독설을 내뱉고
뒷골목에서 세상에 대고
오줌을 세차게 내갈겼다
표독(慓毒)스런 운명의 저울질에
삿대질해대고
풀리지 않는 나의 삶에
목마른 짐승이 되어
갈증을 애타게 호소해 보았지만
어디에도 비상구는 보이지 않았다
보이던 것은
육신을 눕혀야 된다는 여인숙 입간판
늦가을 바람소리에 창백히
낙엽처럼 흔들려
또다시 나는 가난과 인연을 맺고 있었다.

시(詩)를 쓰며

내 어둠에 지친
괴멸의 시간
사랑의 전위는 사라지고
오직
죽느냐 사느냐
흑백 논리만 선명할 뿐
새빨간 정렬 속으로
무작정 타들어 가는 삶의 소멸
몇 번 쓰고 말걸 그랬어
어느새
천형의 가시 장미꽃처럼
독배를 마셔버린 후부터
나는 너를
멀리 할 수 없었지
적당히 섞여진 혼혈의 피처럼
적당히 할걸 그랬지
담장 밖, 감나무 사이로
여름 산은 벌겋게 광란의 춤을 추는데
포르르 떨린 가슴만

문 열어라 외쳐대는 나이 오십의 떠돌이 무명시인
내 정신적 지저귐
바야흐로
세찬 격정을 삼키며
푸른 숲 속으로 말없이 사라진다.

빈손의 하루

고독한 현실에 목이 말라
기대선 푸른 바닷가엔
세월 흘러가듯 빈틈없이 노을이 지고
어느새 색깔 없는 인생이
바다를 천천히 점령해와
오히려 하얀 빈손은 아름다웠다

이끼 낀 현실을 멀리하고
깨끗이 씻은 하얀 손 하나
바닷물에 헹구며
또다시
빈손을 털고 일어난 순간
빈손의 애증(愛憎)이
희미한 불빛처럼 아른거렸다

쏜살같이 달려드는
가진자들의 거들먹거림
이윽고 포효(咆哮) 짙은 바닷물은
커다란 소리로 세상을 다듬질해놓고

비로소
평화의 화음으로
너그럽게 노래하고 있었다.

어느 날 삼탯국을 먹으며

시장통 저잣거리
허름한 식당에서
욕쟁이 할매가
꼿꼿한 성질머리 콩나물에
부드러운 내면의 하분하분한 두부와
바닷물고기 명태를 섞어 넣으며
어우러져 한세상 곱게 살아가라고
서로 서로에게 타이르고 있을 때
새빨간 성질 드러내놓고
고추장이 풀어져
확, 제 머리를 풀어놓고 있었다
"자, 처먹어."
정겹게 건네는
욕쟁이 할매의 넋두리에
어느 사이 세월은 강을 건너가고
나는 갈곳 없는 풍각쟁이처럼
뜻 모를 노래를 흥얼거리며
전날 마신 숙취에 빗장을 걸어
왼쪽으로 넘어뜨리고

맛있게 삼탯국을 먹으며 해장을 했다
어느새
다가온 낯선 간이역의 외로움처럼
뜨거운 햇살 아래 지친 노독(路毒)은
술 한잔을 권하고 있었다
피장파장으로 맞서고 있는
내면 속의 갈등에 쐐기라도 박듯
탁배기 희뿌연 속살이 주르르
넘실넘실 흘러 들어가
나는 또다시 술꾼이 되어
강을 타고 넘어간 세월을
해 저물도록 찾았지만
저편의 강기슭 어디에도
내가 찾고 있던 피안(彼岸)은
결국 보이지 않았다.

협동상회

울 아버지는
상객(商客)이셨다
마흔 여섯 살에 날 나시고
이름 네 글자 간판 '협동상회'
포목점(布木店) 상객이 되셨다
'인조견'
'공단'
'베'
'무명'
'목포(木布)'
이루 많은 옷감들은 솜씨 좋은
직공(織工)에 의해 곱게 짜여져
동네 여인들은 한껏
아름다운 자태를 뽐내고
칠흑 같은 어둠 속에서
빛을 찾아 나선
상객이셨다
두고 온 이북 땅, 함경도 함흥
실향민(失鄕民)의 아픔을 딛고

꿋꿋이 운명과 맞서던
울 아버지는 포목점 상객이셨다.

장작불을 태우며 I

한없이 던지는
내면 속의 카리스마, 피울음
고독을 불질러놓고
떨구는 눈물
탄다, 탄다, 나는 간다
나는 날아간다
어머님 탯줄 따라
훠이 훠이
재가 되어
저 멀리 남처럼, 새처럼
훨훨 혼을 떨군다
핏빛의 군무(群舞) 뼛속에 사무쳐도
내면의 광기(狂氣) 불태우며
가슴 아픈 운명을 끌어안고
종착역(終着驛)을 향(向)하여
나침반을 꺼내 든다.

빈잔

나를 잡고 흐르는 내면의 소용돌이
비껴갈 줄도 모르고
후미진 골목길 어귀
젖어드는 황혼녘
서서히 낮과의 고별을 떨굴 때
어디선가 들려오는 빈잔의 유혹
나를 자빠뜨린다

어둠 속에서
어느새
서서히 완고한 침묵이
납덩이처럼 굳어져
똬리를 틀고 육신의 빈 영혼을 적셔버린 순간
빈잔이라는 서러움 섞인 그림자 하나
또다시
세상과 숨바꼭질
생존의 씨앗을 뿌리며 달려들 때
빈잔 속에 달빛을 털어놓고
목놓아 울고 있었다.

장작불을 태우며 II

길들여지지 않은 들짐승들이
세차게 우는 밤
진실이 무르익었다
전설의 기타소리
내게도 찾아와 목놓아 울고 있다
소식 없던 먼 나라 쏘냐가
달빛아래 춤을 춘다
정열적으로, 우아하게
득도한 춤사위
사알짝 미끄러져
나한테도 기회가 와
손 내민 쏘냐의 손안에
내 손이 따뜻하게 포개졌다
땅을 치고, 구르고
내면의 북소리 고향을 부르며
아무도 없는 황무지 같은 밤을
넉넉히 적신 밤하늘 아래로
야토(野兎)*가 화드득 뛰어갔다
어디로 가는지 모르는 밤

머리 위로 순수하게 따라오던
북두칠성이 촛불을
환하게 켜들고 웃고 있었다
무지무지하게 외롭던 밤
장작불을 태우며
나는 나의 속내를 밝힌다.

*야토 : 산토끼

사막에서

정지된 생명의 능선을 따라
불모(不毛)의 벌판 위로
굽이굽이 춤추던 사막은
여인의 곡선미보다
눈부시게 아름다워
물밀듯이 밀려오는 신기루(蜃氣樓) 앞에
오아시스의 꽃가루가
선명히 나타나고 있었다

시인으로서
노무자로서
세월의 차용자로서
서 있어야 했던
뜨거운 땅에
내가 세웠던
전신주에 고압선이 흐르고
그때 문뜩 눈시울이 뜨거워져
쳐다본 하늘가엔
한 떼의 향수가 저녁 노을을 타고

막
평화롭게 쌍으로 흐르고 있었다.

낮술

빈손의 애증보다
보기 좋게 벌겋게 잉태된
가녀린 즐거움— 낮술
팔월의 뙤약볕을 넋 놓고 쳐다보며
"은혜의 하느님 술은 나쁘지요?"
오늘도, 무심코 놀리는
세 치 혓바닥의 경박스러움
취했다고, 취하였다고
떠가던 뭉게구름이 넌지시 가려주면
뜨거운 오후는 그래도 즐겁다
가난 속에 밀려오는 비탄(悲嘆)
"훠이 훠이 물렀거라
대감마님 나가신다."
세상이란 큰 대문에 대고 쏟아 부은 외침
홀가분한 외침의 시원함, 배설의 시원함
빈손으로 물어뜯은
뙤약볕 팔월의 낮술이 그냥 좋았었다.

자화상(自畵像) I

죄(罪)도 없이
타는 듯이
무너진 화상(畵像)이여
막소주에 처절히 고개 숙인 채
쓰러진 화상이여
가슴깊이
찾아온 그 먼 옛날의 향수
또렷이 아직도 다가오면
또다시
길짐승 되어
폐부(肺腑)에 스며든 핏줄기
드디어
초연히 초상(肖像)을 그리네.

자화상(自畵像) Ⅱ

언제나
나는
일가붙이 하나 없이
순순한 보행(步行)을 꿈꾸며
길 떠나는 로맨티시스트(Romanticist)
낭만주의자

때때로
물질에 쓴 소리 해놓고
뭇발길질 당해도
여전히
길 떠나는 돈키호테
이상주의자

비바람에
보르르
내 몸을 떨지라도
내 삶이기에
꼬옥 끌어안고

끝없이 길 떠나는
나는 나그네.

자화상(自畵像) Ⅲ

내 목마른
영혼의 쉼터
바람을 앞세우고
고뇌의 숲
깊은 자리
작은 새는 울었습니다

어느새
세월 속에 여울진 목소리
낙엽 되어 떨구면
바람은 인생이 되고
세월을 떨구라는 스승이 되고
어디
그리움이 있거들랑
새롭게 시작하라며
내면의 깊은숨을 토하자
대지는 넉넉히
새 삶을 활기차게
끌어안았습니다.

무제

내 벗겨지지 않는 삶의 무게
무식하게 바람을 탓하고 있다
이따금씩 억압된 내 정신에
자유라는 것을 갖다주는 고마운 바람에게
오늘 삿대질하고 있다
하기야, 퍼 질러댄
막소주에, 헛소리에
살아남지 못한 경제력(經濟力)까지 들썩들썩, 떠들썩
그랬구나, 그랬었구나
시만 쓰며 살아간다는 것은 '생거지로 가는 지름길'이
라고 충고해 주시던 어느 선배 시인님 말씀 그대로
하하 답이 없구나
그래도, 천형의 가시를 끌어안고 사는 새빨간 장미가 될
지라도
내 가슴속으로부터 나오는 언어를 피로 물들이고
언젠가 돌아가야 할 대지(垈地)를 찾아
길을 묻고 홀가분히 미망(迷妄)을 떨군다.

병실에서

목마른 백마(白馬)
달려가지도 못하고
나는 또 다른 병마(病魔)와
싸우고 있는 돈키호테
나는
나무 목마(木馬)를 타고
운명을 저울질하는
병마와 싸우며
피맺힌 인생길
절규(絶叫)를
내면 속에 외쳐대고
단호히 블루 나일론(BLUE NYLON)* 실에
병마를 꿰매어 놓고
신바람에 휘파람 불며
희망차게 길 떠나는
돈키호테, 나무 목마.

---

*블루 나일론(BLUE NYLON) : 수술 후 상처 부위를 꿰매는 실의 일종

숭어

애송이 어렸을 때
조그만 민물에서 뛰어 놀았지
크면 클수록
바다로 나아가
칠십 센티미터의 아름다운
나의 신장(身長)을 자랑하며
겉에는 회청 색상 바닷물 배경 삼아
도도히 떠다니고
안에는 은백 색상 내 몸 색깔 배경 삼아
은은히 흘러가면
어느새 찾아올 인연을 찾아
온몸에 보아란 듯이 빳빳이 비늘을 세우고
나의 순정을 외치며
온몸으로 동작(動作)선을 그리며
해맑은 바다를 놀이터 삼아
즐겁게 뛰어 놀았지.

5

세월의 뒤안길에서

은행나무

피붙이 하나 없는
외로운 나무
애달피 혼자서
저 혼자 태어나
한여름 뙤약볕에
철저히 자신을 달구며
처절히 웃는다

가을이 오면
뭇사람 온통
행복으로 따뜻하게 물들여놓고
한평생 고아로 태어나 살면서도
오히려 지독한 외로움
빛으로 승화시켜놓고
가을 들녘에 생명을 떨군다
가을 들녘에 넉넉히 사랑으로
은혜롭게
너는 지금 노랗게 샛노랗게
고운 빛으로 착한 선(善)을 떨군다.

뱃사람

항시 풍어(豊漁)에 목이 말라
파도가 겹겹이 에워싸도
바람아
파도야
비켰거라
'된마'* '하늬쪽'*
해풍의 방향을 살펴보고
거미줄 같은 그물
후훌쩍 바다에 떨구면
바다의 저쪽은
금빛으로 빛났고
바다의 이쪽은
은빛으로 빛났다
두둥실 흰 구름
희망차게 떠가면
갈매기는 꿈을 데불고
어느새
금사(金砂)로 짠 노을이
더불어 성큼성큼 다가와

만선의 깃발을 하늘 높이 꽂고
돌아오는 귀가 길엔
언제나 새 꿈 한 자락이
황홀하게 피어나고 있었다.

---

*된마 : 남동풍을 의미함
*하늬쪽 : 서쪽을 의미함

낙엽 지던 날

춤추듯 떠오르는
회상(回想)의 군무 앞에
계절은 또다시 아름답게 가르마를
가르고 쓰디쓴
독백을 토로(吐露)한다

아직도
다하지 못한 시련은 남아있어
또다시 내 몸이 마른다하여도
혹독한 시련 뒤에 찾아오는
새벽이여
빛이여
오늘 또다시
삶이라는 힘겨운 쳇바퀴를 돌린다해도
까마득히 찾아올 밝은 훗날을 위해
나는 오늘도
변치 않는 계절과 함께
나의 쳇바퀴를 힘차게 돌린다.

오랜 세월 속의 기억들

잿빛 구름 밑에
피어나는 한 폭의 동양화
안개 속에 아련히
파르르 몸을 떤다
새색시처럼 수줍어
풀어헤친 젖가슴 몽우리
들녘에 몽땅 수유를 하고
희로애락, 삶의 발자취
가을 들녘에 아름답게 뿌려질 때
샛노란 초가지붕 아래서
초록빛 보리밭에서
뛰어 놀던 삶의 무늬
오랜 기억들은 차곡차곡
볏짚 단처럼 쌓이어
만물상(萬物相)을 이루며
이제 넉넉한 할미가 되어
이제 경험 많은 할미가 되어
들녘에 인생의 지혜를 떨구며
노고초(老姑草)를 그득히 피운다.

세월의 뒤안길에서

사랑 없는 텅 빈 거리에서
그래도 나를 꼭 붙잡은 것은
돈의 유혹도
성공이라는 달콤한 유혹도 아닌
그리움의 향기가
어느새
바람을 앞세우고
옛날의 향수(鄕愁)를 줄줄이 떨군다
피워 문 담배연기 위로
수없이 떨어지는 낙엽, 낙엽들은
또 다른 계절을 창백히 불러대며
내가 건너야할 또 다른 세계가
있다고, 있다고 거세게 외쳐대니
내 낡은 외투자락 위로
해맑은 미소가 넉넉히 흘러
시나브로
천상(天上)의 귀한 손님
첫눈이 어머님 품처럼 푸근히 내린다.

세월의 뒤안길에서

청동 화로(火爐)의 따스함

어느 세 발 달린 들짐승
방황을 접고 타오른다
청동빛 살갖 벌겋게 태우며
핏빛 운명에 단호히 쐐기를 박는다
서러움은 저만큼 비켜가고
못다 저지른 운명이
새빨간 선혈이 되어
톡, 톡
제 씨앗을 남겨놓고
고해의 노란 바다에
자신을 내던져놓고
깊은숨을 고른다
그래도
혼백은 살아있어
또다시
금사(金砂)로 짠 노오란 이부자리가
따스함을 전하며
불멸의 시간을 훌쩍 뛰어넘고 있었다.

사랑은

그대는 먼길 떠난 뒤 소식이 없군요
밤새 울고 있는 빗줄기
떠난 님은 소식 없고
노오란 은행잎만 바람 속에 휘날려
그리움을 토하노니
뛰어 놀던 상념만 바람 속에서 춤을 춘답니다

내일은 또 어디서 바람이 불런지요
그 누구도 모르겠지요
그것이 우리네 인생 그 자체이니까요

보아란 듯이
세차게 소리쳐 울던 까마귀
지쳤는지 왠지 모르게
뒷산엔 나지막이 정적이 흐르고
샛강 따라 흐르던 붉은 노을만 옛친구 되어
나울나울 나비처럼 나를 따라온답니다

소랑은 자파리가 아니우다

사랑은 장난이 아니랍니다

순결한 정신적 결집 속에서 잉태된
내 영혼의 태동 뒤에서
목놓아 울고 있는
한 마리 고귀한 학이랍니다.

장터에서

검정 비닐 봉투에
내 본능 따라
정 깊은 마음속
행복은 줄줄이 채워지고
생선이었던가
과자였던가
옷이었던가
비닐 봉투 안의 함성
줄줄이 터지고
받아 쥔 사랑의 증거
지천(地天)으로 열려
웃음꽃이 소담스럽게 피어나면
해질녁 먼 뒷산에
분홍빛 노을이
부드러운 내면의 흐름처럼
강물처럼
흘러갔지요
소박한 사내들의 양손엔
저마다 행복 깃든

검정 비닐 봉투가 친구 되어
정답게 따라 다녔지요
정 따라
행복 따라
평화롭게 길을 나섰지요
생명이 살아있던
장터는 너무 아름다웠지요.

이런 날도 있고 저런 날도 있다고

멀고 먼 중동 땅에서
볼장 다 본 사내들의 함성이 있었다
돈도 필요 없다고
그저 한국으로 보내달라던
몹시도 내게는 힘들었던
볼장 다 본 사내들의 외침이 있었다
사노라면
이런 날도 있고
저런 날도 있다고
달래도 보고
애원도 해보았지만
묵묵부답(默默不答)
내 부탁엔 입을 닫고
밤마다
죄 없는 노무주임의 눈깔을 파겠다고 달려들던
한 떼의 볼장 다 본 사내들의 피울음이 있었다
망한 회사에는 아무도 책임지는 사람이 없어
말단이던 내가
아주 먼 땅에서 홀로 울던

그런 날도 있었다
오늘 신문 나의 운세
이런 날도 있고
저런 날도 있다고
하기야, 어제는 햇빛이 쨍쨍, 오늘은 빗물이 풍성
살다보니 오늘처럼 꼭 맞는 운세는 없었다.

수양버들 아래서

어느
팁 많이 받은 웨이트리스
한 여인이 정중히
내게 인사를 한다
연지분 곱게 찍고
가늘고 긴
허리로
환한 미소가 어여쁜
여인 하나
봄날에
내 고향
냇가에서
보아란 듯이
머리를 풀어헤치고
온갖 부드러움으로
내게 예쁘게 인사를 한다.

거리에서

고독의 선율
차갑게 울어대는
거리를 서성이면
따뜻한 마음에 깊이가 없는
인간들의 출랑거림이
춘기(春氣)도 잊은 채
한 떼로 달려든다

무엇을 향하여 달려가는지
끝없는 질문의 파고(波高)
높아만 가는데
어디선가 들려오는 소리 하나
그것은
찾을 수 없는 미망(迷妄)을 떨굴 때
오로지
찾을 수 없는
피안(彼岸)의 세계가
바로 내 마음속에 있었다.

바람 부는 섬에서

빼곡이 질러댄
혼백 깃든 삶의 메아리
바람 속에 춤출 때
떠가던 뭉게구름
비와 만나
이윽고
그리움을 떨군다

미루나무 서너 그루 사이로
철새들은 날아가고
넌지시 빼어든
삶의 이정표(里程標) 속에
그래도 바람 펄럭펄럭
초록빛 들녘은
황토와 어우러져
수월래놀이하고 있었다

그대 오시나요
홍색의 오판화(五瓣花)가 되어

저 멀리 새파란 지평선
활기차게 날갯짓하고
병풍처럼 늘어선 바윗돌 큰 덩어리
나의 늑골이 되어
비로소
한올 한올
나의 몸을 비단으로 감싸고 있었다.

흑백 사진첩 속에서

행여 그리움이 솟아날까
꺼내든 흑백 사진첩
거기에는 울 아버지가
몹시도 힘들었을
울 엄니와 함께
마흔 여섯 살에 날 나시고
빙그레 웃고 계셨다
엄연히 존재했었을
생활고(生活苦)를 떨궈놓고 계셨다
흑과 백의 정확한 대조 속에서
울 아버지는 빛이었었고
울 엄니는 소금이었어라
흑백 사진첩 속에서
흑과 백은
서로에게
꼭 필요한 절대적(絶對的) 요소(要素)
흑백 사진첩 속에서
울 아버지는
나를 꼬옥 끌어안고 계셨다.

부엌에서

꽁치의 가냘픈 몸매에
볼을 댕겨
나의 허기를 메울 때
언제나
내 작은 프라이팬에서는
꽁치가 소낙비가 되어 세차게 운다
깡마른 몸뚱이에
거센 기름 소낙비가 젖어들어
이제
더 이상 갈곳도
더 이상 고백할 것도 없노라며
환생(還生)을 애절히 기원한다
비로소
나는 측량을 거부당한
맛의 신비스러움에 경의(敬意)를 표하며
엄숙히 고개를 떨군다.

파이프 담뱃대

그리움의 파도가 속삭일 때
혼백 없는 열정
바람에 흩어지고
내 인생에 무엇이 남았는가
한 모금 피워 문 순간
과거가 현재를
바싹바싹
파식(波蝕)하고 있다

그토록 만나주기 싫어하는
청춘을 찾으려 찾으려고
붉은 선혈이 들끓도록
성냥불로 그어대고
불어대고, 댕겨도
끝끝내
남아있는 재를 털며
돌아서는 허무감(虛無感)
바야흐로
현재는 선뜻이 흑싸리를 내놓으며 짙어진다

파이프 담뱃대

아, 아!
애잔히
또다시 빈 가슴에 쏟아지는 비가(悲歌)
회상(回想)의 창백한 헛총질
파르르
내면에 빈혈(貧血)을 일으키며
고개를 떨군다.

어느 날에

가냘픈 실낱같은 희망이 되살아나
꿈속에서 낱낱이 젖어들어
내가 흔들어대던 감나무에서
분홍빛 감들이 수없이 떨어졌다
어차피 던져진 삶이라면
풍요롭게
활기차게
끝없는 도전정신을 가지고
희망을 노래하자며 던지는 화두(話頭) 속에
어느새
삼 년 전 돌아가신 속초 형님은
꿈속에서 나타나 저승길은 멀다고
리어카에 태운 나를 떨구었다
우연히 텔레파시(TELEPATHY)가 통한 걸까
보고팠었던 종준 형님이
꿈속에 아련히 나타나
그래도 저승보다 이승이 낫다고
나를 리어카에서 떼어놓고
포물선운동(抛物線運動)을 하며

포르타멘토(PORTAMENTO)* 유연하게 사라졌다.

---

*포르타멘토(PORTAMENTO) : 음악에서 한 음으로부터 다음 음으로 옮아갈 때 그 부분을
유연하게 연주하는 일

해질녘 썰물을 바라보며

역경의 시간 마다 앓고
바람같이 찾아들어
떠나야 할 시간조차
찾지 못한 순수한 광기
해면에 불던 바람
저 멀리 산마루에 끝이 나면
갈매기는 춤을 춘다
떠나야 할 숙명조차도
깡그리 잊어야 했던
독선과 광기
파란 들판에서
질펀하게
창백하게
춤춰야만 했던 운명의 질주 앞에
너와 나는 나란히 그림을 그린다
어느새 힘차게 솟아오른
고독한 피 냄새 한 움큼
삶의 늪에서 아름답게 피어날 때
우리는 서로를 쳐다보며

세월의 차용자라 부르며
목마른 갈증을 원 없이 푼다.